Alban Bourdy

NoËlle et Lui

A Christmas Carol

I. YOLANDA IS COMING TO TOWN

Le boulevard Haussmann, cœur scintillant de la capitale en cette saison, commence sérieusement à s'activer. Les « Chauds les marrons ! » se mettent à fleurir devant les passages cloutés. Les pigeons ouvrent leurs yeux embués et essayent de gonfler leur plumage au maximum pour se faire un peu de chaleur.

Le froid pique. Les passants pressent le pas, sauf les plus contemplatifs qui oublient la température en admirant les spectaculaires et envoûtantes lumières multicolores des décorations de Noël. Yolanda est de ceux-là.

Il faut dire que c'est la première fois que la jeune béthunoise assiste à ce spectacle autrement que sur écran, c'est d'ailleurs la première fois qu'elle se rend à Paris pour un voyage d'agrément.

Elle est arrivée tôt dans la matinée. Il faut dire qu'elle avait réservé une place dans le premier train de la journée.

Après avoir passé du temps dans un Starbucks autour d'un chocolat chaud, elle s'était jetée au dehors et avait conflué vers ce lieu qui était la raison de son voyage.

Elle a tenu à être sur place à l'ouverture des galeries marchandes pour éviter quelque peu la cohue qui s'annonce plus tard. Elle a gagné des bons d'achat d'une valeur cumulée de plusieurs centaines d'euros à utiliser dans les galeries parisiennes. Le tout grâce à un sondage par e-mail qu'elle croyait être une arnaque.

Ces bons d'achat ne sont valables qu'aujourd'hui 23 décembre. Elle attend ce jour depuis des semaines.

Nous sommes l'avant-veille de la Noël, ce qui suffirait à rendre le lieu bondé, mais vu qu'on est de surcroît un samedi, le coin promet d'être saturé dès la fin de matinée jusqu'à la fermeture des portes.

Pour l'heure, les portes vont bientôt s'ouvrir. Des personnes attendent ici depuis un moment en se pressant comme si on venait de sortir un album de Noël posthume de George Michael en édition limitée.

Ça joue quelque peu des coudes au moment où les premières personnes pénètrent dans les galeries. Il devrait y avoir là quelques anges ou elfes pour venir rappeler à ces braves gens que la raison de leur présence ici est Noël, et que leur comportement est indigne de l'esprit de cette fête. Diantre ! On n'est point dans un congrès politique devant désigner les prochains candidats à la primaire du parti.

Yolanda ne participe pas à la bousculade. Elle est restée en retrait en attendant que ça se tasse. Elle continue d'admirer les décorations et l'animation du boulevard. Elle se nourrit de tout ça par tous ses sens et tous les pores de sa peau, réussissant à bien faire abstraction des tumultueuses entrées des magasins.

Des vigiles interviennent en demandant aux gens de se calmer. La discipline se fait tant bien que mal et les clients entrent maintenant au compte-goutte.

Il faut dix bonnes minutes pour que l'afflux d'entrants ne soit plus constant. C'est à ce moment-là que Yolanda passe le seuil du fameux établissement.

Tout en se délectant de chaque détail, ses pas la portent directement dans le rayon des parfums. Très sensible aux fragrances depuis toujours, elle est comme aimantée par cette partie de la surface marchande. Elle hume des centaines de parfums, sans trouver véritablement satisfaction. La jeune femme aimerait trouver un parfum qui évoque Noël tout en pouvant être utilisé tout au long de l'année. Elle recherche une senteur qui aurait une touche féérique, mais même devant ce choix du roi qu'offre le magasin elle ne trouve rien de convaincant. Ce qui ne l'empêche pas de sélectionner trois bouteilles qu'elle place consciencieusement dans son panier rouge.

Une fois cette longue étape accomplie, elle oublie bien vite sa frustration et se met à flâner.

Elle se retrouve devant le gigantesque sapin de Noël qui orne majestueusement le cœur de la galerie. Elle se place à la base de l'arbre et s'enivre à regarder vers la cime presque hors de vue.

Une grande félicité gagne son cœur. Elle retrouve ce bonheur qu'elle pensait envolé avec l'enfance, celui d'admirer un arbre de Noël comme si le sommet était mystérieux et inaccessible, peuplé de créatures enchantées veillant sur elle.

Lorsque l'effet diminue, elle reprend son exploration dans le magasin. Elle quitte bientôt l'étage des vêtements avec quelques robes dans son panier et un chemisier sous le bras.

La jeune femme a hésité à visiter l'étage de l'alimentation, elle ne le regrette pas en découvrant avec ébahissement toute la gamme Lindt. Pourtant grande amatrice de chocolat, elle ne connaissait pas la moitié du quart de tous les produits présents ici. Elle ne pourra pas sortir du rayon sans avoir pris une dizaine de tablettes et ballottins semblant tous plus extraordinaires les uns que les autres.

Alors qu'elle redescend les escalators, elle entend une vive clameur venir de la partie à sa droite de l'étage où elle arrive.

De cette intense clameur se distinguent des éclats de voix d'enfants, des rires, des bruits de cavalcade. On se croirait dans une cour de récréation. Yolanda pense que cela doit être un espace de jeux pour les enfants. Intriguée, elle s'en approche pour voir à quoi cela ressemble. Vu les sons qui en émanent et qui redoublent de volume à mesure qu'elle s'approche, cela doit être très amusant. Oh comme elle aimerait avoir encore accès à ces endroits… Quelle arnaque de grandir ! Il n'y a aucun endroit cool réservé aux adultes, que des lieux sordides, alors que plein de petits paradis sont réservés aux enfants.

Avec son presque mètre quatre-vingt et sa carrure, Yolanda ne peut pas se mêler à des enfants, même dans un square, sans que tout le monde la regarde d'un drôle d'air. Personnellement, elle pourrait s'en moquer, mais il se créé toujours une grande gêne qui fait que même si les enfants veulent bien jouer avec elle au début, ça ne dure jamais longtemps. Elle a alors la désagréable impression d'être un éléphant dans un jeu de quilles.

Alors que son pas s'accélère en approchant de la source du vacarme festif, elle croit défaillir en entendant la voix de son idole de toujours.

Ce n'est pas comme régulièrement, quand elle entend sa voix chanter ou parler à la radio ou à la télé. Non, elle a entendu au milieu de la clameur sa voix dire « Oui, allez, vas-y ! ». Elle a bien entendu cette voix comme présente et non en surimpression, elle était même quelque peu essoufflée.

Dans un état un peu second, elle continue de trottiner vers l'animation. Elle se convainc qu'elle a eu une hallucination auditive ou bien qu'il y a là un imitateur singeant la voix tant aimée.

Lorsque s'offre enfin à elle le spectacle vers lequel elle et de nombreux badauds convergent, elle croit encore à une hallucination, visuelle celle-ci.

La mâchoire inférieure lui tombe.

Son idole est bien là qui joue au foot avec des enfants en compagnie de Soprano. Il n'y a pas d'espace jeux pour les enfants, ce petit monde joue avec un ballon en plastique au beau milieu des rayons de jouets et autres jeux virtuels ou de société.

Yolanda se pince, mais la douleur est bien réelle. Réalisant la situation, elle sort son smartphone pour filmer la surréaliste scène. Diffusée en direct sur Instagram, la scène récolte un sacré paquet de petits cœurs.

Son idole, c'est Patrick Bruel, et celui-ci va même lui adresser un sourire lorsqu'elle va avec enthousiaste applaudir le retourné acrobatique d'un enfant.

Se sentant pousser des ailes, elle range son téléphone et demande aux deux stars si elle peut jouer avec eux.

Les spectateurs autour la regardent avec réprobation. Bruel et Sopra sont un peu éberlués par la demande mais ils y acquiescent avec un peu d'hésitation. Le rappeur articule : « Oui, euh, pourquoi pas ? ». Son idole se contente d'un hochement de tête.

On lui demande si elle veut jouer dans l'équipe de l'un ou de l'autre des artistes, la réponse est bien sûr affirmée sans la moindre hésitation.

Yolanda se jette alors à fond dans la partie. Une fois la balle récupérée, elle commence par effectuer un une-deux avec l'enfant qu'elle vient d'applaudir pour son retourné, puis elle réussit sous les vivats un petit pont sur un Soprano incrédule.

Dotée d'une bonne technique balle au pied, la jeune femme ne peut toutefois pas poursuivre son effort comme elle le voudrait, son léger embonpoint l'empêchant de courir comme elle le voudrait.

De toute façon, un vigile vient siffler la fin de la récréation en lui signifiant qu'il ne peut y avoir que les deux stars comme adultes, sinon ce ne doit être, pour des raisons de sécurité, que des enfants de moins d'un mètre cinquante.

Soprano essaye de parlementer avec le vigile en faisant valoir qu'il pourrait y avoir une exception. Le vigile est un grand blond à la mine patibulaire et épais comme deux Soprano. Son aspect est des plus stricts, il a les cheveux en brosse, parle avec un accent slave à angles droits et tranchants. Il semble mépriser la jeune femme tout comme le rappeur marseillais. Il leur décoche des regards de tueur. Il dit que ce n'est pas négociable, que cela ne dépend pas de lui, que c'est une question d'assurances.

L'artiste ne s'en laisse pas compter :

- Monsieur, faut savoir être souple des fois un petit peu... Vous avez vu comment elle assure cette femme ? Elle fait le spectacle. Et elle le fait même mieux que nous, et vous avez vu, elle a le smile ! Elle a embarqué les gens, là, quand elle m'a fait le p'tit pont. Tout le monde s'éclate. Et elle aime les enfants, ça se voit. Et puis, Patrick il a besoin d'elle pour jouer contre nous, sinon il va perdre. Et Patrick Bruel, il peut pas perdre, c'est juste pas possible, c'est un mec il réussit toujours tout. Allez, s'il vous plaît... Au moins cinq minutes.

Le responsable de la sécurité n'apprécie pas du tout ces paroles et, même s'il se contient, la jeune femme sent qu'il pourrait exploser et glacer l'ambiance bon enfant qui règne autour de lui.

Yolanda intervient :

- De toute façon, je me suis déjà bien amusée, et je ne pourrai pas en faire beaucoup plus. Merci Sopra, t'es un amour ! Oups, pardon pour le tutoiement, c'est sorti tout seul.

Le nouveau juge de *The Voice* lui répond « T'inquiète ! » tout en lui faisant un clin d'œil. Puis il enchaîne :

- OK, on n'insiste pas. Mais t'as super bien joué, t'as des super bonnes vibes, on peut pas te laisser partir comme ça. Comment tu t'appelles ?
- Yolanda.
- C'est joli comme prénom, ça, hein Patrick ?
- Oui, très, et bravo mademoiselle ! Je perds une très bonne joueuse alors qu'elle a à peine eu le temps de jouer…
- Pffff ! C'est bien que je m'arrête maintenant, comme ça j'ai bien fait illusion.

Sopra siffle et ajoute :

- Et modeste, en plus de ça. Viens, on va faire un selfie. Vous nous attendez encore deux secondes, les enfants ?

Les enfants sont beaucoup à répondre en chœur un grand oui. Mais il y en a un parmi eux qui est hermétique à ce qui se passe, tout concentré qu'il est à jongler avec le ballon.

Le rappeur glisse à la foule en le désignant :

- Attention, regardez, il y a un futur Zidane, là. Il est à fond, il fait attention à pas faire tomber le ballon comme si sa vie en dépendait. Franchement, respect ! Regardez-le pendant qu'on fait un selfie avec madame.

Lorsqu'elle se retrouve au milieu des deux vedettes pour le selfie, Yolanda sent son cœur battre la chamade. Son émotivité est particulièrement forte d'avoir un contact physique avec Patrick Bruel. Sa peau en est parcourue de chair de poule. Son doigt se défige pour presser son écran tactile. Ça y est, la photo est prise. Plus de retour en arrière possible, et il n'y aura sans doute jamais plus pareille occasion. Elle se maudit d'être là si troublée, si gauche. Elle n'ose pas regarder le résultat car elle est sûre que sa tête doit être atroce et qu'elle a gâché cet improbable selfie, ce souvenir qu'elle penserait avoir rêvé s'il n'en subsistait pas de trace.

Elle remercie les artistes et ceux-ci font de même avec elle avant de s'en retourner s'amuser au milieu des enfants fêtant bruyamment leur retour.

Passé un temps de décompression, Yolanda s'éloigne de la scène. En partant, elle voit sur le côté une boîte à dons pour les Restos du Cœur. Il y a d'un côté un gros container pour déposer des denrées alimentaires, et de l'autre une espèce de boîte aux lettres pour y déposer de l'argent. Elle glisse un billet de vingt euros à l'intérieur de la boîte aux lettres prévue à cet effet. Après avoir payé son billet de train pour venir ici, son compte n'est pas très loin du zéro mais elle n'hésite pourtant pas un instant à faire ce don. Plus tu donnes et plus tu reçois, lui avait toujours dit sa grand-mère. Sa grand-mère paternelle qui l'avait élevée et qui était décédée il y a bientôt un an.

Yolanda quitte le rayon jouets non sans avoir choppé au passage une peluche de licorne blanche à crête rose qu'elle a ajoutée à son panier déjà plus que bien rempli.

La jeune femme avise des endroits qu'elle n'avait pas encore explorés et s'y rend en sautillant.

Mais bientôt, se jugeant encombrée au maximum, elle se résigne à se diriger vers les caisses. L'attente n'est pas si longue qu'elle le craignait, les gens n'en sont pas encore à régler, gagnés qu'ils sont encore et encore de fièvre acheteuse.

Yolanda a presque écoulé tous ses bons d'achat. Il ne lui en reste plus qu'un, de vingt euros, dont elle fait cadeau à une dame qu'elle croise en s'éloignant de la caisse. La dame, méfiante, croit d'abord à une embrouille, puis elle se confond en de multiples remerciements.

La jeune femme ne quittera pas les lieux sans admirer le sapin central tant que la chose est possible, quitte à se tordre un peu le cou. Vient la titiller au moment de passer la porte le regret d'avoir joué au football avec Bruel sans toutefois avoir échangé avec lui la moindre passe. Puis d'avoir fait une photo avec lui sans échanger pour autant la moindre parole. Elle réalise qu'elle était tellement dans son nuage qu'elle ne l'a même pas remercié quand il l'a complimentée sur son prénom et félicitée pour son jeu. Elle s'en veut quelque peu d'éprouver ces regrets, ce qui est fait est fait, on ne peut plus rien changer, et ce qui lui est arrivé aujourd'hui est déjà tellement miraculeux. Elle devrait être ravie, et elle choisit donc de l'être pleinement en s'engageant dans la rue nez au vent.

II. AU ROYAUME DU BONHOMME HIVER

Yolanda ne l'a jamais remarqué, car l'homme excelle dans l'art de la discrétion, mais elle est suivie depuis qu'elle a posé le pied sur le pavé de la capitale.

Le suiveur est un septuagénaire aux longs cheveux blancs cachés par un chapeau noir haut-de-forme et une épaisse écharpe blanche enroulée avec soin. Son port et sa tenue sont de tangibles signes extérieur de richesse.

Il la suit de loin et ne va pas partout où elle va, mais il ne la perd jamais de vue.

Son ombre sombre rôde toujours dans un coin. Il se tient souvent immobile, ce qui pourrait se repérer aisément au milieu de tout ce trafic humain, mais il est de ces hommes qui se fondent dans le décor et qu'on n'a pas envie de voir en cette période de fêtes. Il faut dire que ses yeux bleus sont cachés par l'ombre du chapeau enfoncé sur sa tête.

L'individu est presque constamment en communication audio via une espèce de téléphone qui semble un peu étrange. Il semble plus donner des ordres et dresser des rapports que tenir une conversation.

À peine sortie des galeries marchandes, Yolanda se retourne vers celles-ci, et tout en regardant en arrière elle continue d'avancer dans la cohue du boulevard. Des personnes s'écartent sur son chemin, mais ce qui doit se produire se produit tout de même… Elle finit par télescoper quelqu'un qui, trop absorbé dans ses soucis et le regard tourné vers ses pieds, ne l'a pas remarqué. Ce quelqu'un, c'est un jeune homme en survêtement qui a une grande frayeur lorsque la jeune femme entre en collision avec lui et lui marche sur les pieds. Son souffle se coupe, sa première pensée est qu'il est là victime d'une agression dont il ne va peut-être pas se réchapper, il s'en veut d'avoir baissé sa garde.

Son délire prend fin lorsque son « agresseuse » se confond en excuses et s'inquiète de savoir si elle ne lui a pas fait trop mal en lui écrasant les pieds, et aussi avec ses gros sacs dont certains ont des bords pointus.

Le jeune homme réalise la situation et en considérant sa première réaction se dit qu'il faut vraiment qu'il se détende. Il ouvre la bouche pour engueuler Yolanda, mais il se ravise finalement en la regardant. Elle n'a rien d'une pimbêche, elle a l'air d'une gentille étourdie. Il la trouve sympathique, et même assez charmante. Il lui sourit et lui répond avec un clin d'œil :

- C'est rien, ça va, au calme. Mais faut faire attention, mademoiselle, quand il y a du monde comme ça, surtout quand on a tous ces sacs-là. Sur ma vie, vous avez dévalisé tout Paname ou quoi ?
- Oui, j'ai peut-être acheté un peu trop de choses, c'est vrai. Vivement que je sois dans le train.
- Vous êtes pas d'ici ?

- Non. Je suis contente, vous l'aviez pas remarqué avant que je vous parle du train.
- Oui, en même temps, vous auriez pu prendre le train pour partir pour les vacances. Donc j'ai quand même deviné facilement…
- Pour quelle raison ?
- Rien, on se détend. C'est juste que si vous habitiez ici, vous auriez pas acheté tout ça d'un coup, surtout là au dernier moment avant Noël. Bon bah, au plaisir, qui sait ?
- Oui, on sait jamais…
- En tout cas, vous m'avez marché sur les pieds, c'est cool, c'est comme si on avait dansé ensemble.

Le jeune homme a dit ses derniers mots tout en faisant un clin d'œil, puis il tourne les talons et reprend sa marche en regardant cette fois devant lui. Enfin, pas pour très longtemps, puisque son téléphone se manifeste bientôt. Le message reçu le fait râler et s'enrager quelque peu.

Le soleil est bientôt couché et le boulevard Haussmann est particulièrement enchanteur en ces teintes. Yolanda l'admire songeuse en pensant au clip de Clio, *Haussmann à l'envers*, et aussi à Massimo Ranieri y chantant avec Maïwenn dans un film de Claude Lelouch.

Elle finit par quitter à contrecœur les lieux et commence à se diriger vers la gare. Comme il lui reste presque deux heures avant son train qui part à 19 :19, elle entre dans un majestueux café aux allures viennoises. L'endroit l'a attirée irrépressiblement, et puis elle a grandement envie d'une boisson chaude, le vent est glacial au dehors. À l'intérieur de l'établissement, c'est la grande classe, l'atmosphère feutrée est baignée de chants de Noël interprétés par Diana Krall accompagnée du Clayton-Hamilton Jazz Orchestra.

Yolanda prend un café de Noël, café au sirop de cannelle toppé avec de la chantilly aux écorces d'orange parsemée de morceaux de guimauve, servi avec dans la soucoupe une étoile de Noël à la cannelle. Cette savoureuse friandise alsacienne est inconnue d'elle et lui procure de voluptueux délices.

III. VIVE LE VENT

Yolanda arrive à l'heure voulue à la gare du Nord. Le chemin qu'elle vient de parcourir a été éprouvant. Dans la nuit glacée avec tout son barda, elle a été à deux doigts de capituler et elle a hâte de s'installer dans un wagon chauffé. Elle a d'ailleurs acheté aux galeries un livre d'Alexandre Jardin qu'elle a hâte d'y lire.

Le hall de la gare est en grande agitation, grouillant de voyageurs semblant égarés. L'explication de ce chaos est inscrite en lettres lumineuses sur le grand tableau d'affichage.

Un avis de tempête fait que tous les trains sont annulés jusqu'à nouvel ordre.

Les bras de Yolanda lui en tombent. Au sens propre. Tous ses sacs choient par terre.

Son esprit est confus, elle ne sait pas comment elle doit réagir à cette situation. Elle aimerait que sa grand-mère soit encore de ce monde pour lui dire quoi faire.

Elle sort de la gare en se disant qu'il lui faut trouver un endroit pour manger et pour passer la nuit. Le vent est effectivement devenu particulièrement violent et elle prend comme une énorme gifle de Mister Freeze lorsqu'elle pointe son nez au dehors.

Elle doit marcher contre le vent, et c'est du sport. Éole est si déchaîné qu'il la fait vaciller, déséquilibrée qu'elle est par ses encombrants sacs.

Devant le bâtiment ferroviaire, elle voit entassés des dizaines de migrants qui ont l'air figé et sans expression. Ils se sont rattroupés juste en plein dans la lumière des plus forts lampadaires. La scène lui fait froid dans le dos. Comment vont-ils pouvoir passer la nuit dehors ? Que peut-il bien se passer dans leur tête ? Comment les passants peuvent-ils accepter de voir ces gens condamnés à ce sort ?

Elle s'est arrêtée et un instant elle n'a plus conscience ni du froid ni du vent. Elle les fixe. Elle en remarque soudain un dont le visage est expressif et qui semble seul à avoir conscience qu'elle les regarde. Elle baisse alors les yeux comme prise en faute, puis se redresse lentement et regarde à nouveau l'individu, cette fois timidement. C'est un colosse d'au moins deux mètres qui dégage beaucoup de douceur. Il lui sourit avec chaleur et bienveillance. Yolanda se détourne instinctivement. Elle a honte, honte de ne pas pouvoir l'aider, honte de la façon dont elle s'imagine qu'il la voit. Elle a l'impression d'être une fille d'un roi que regarderait un esclave. Il lui semble qu'elle est encore plus mal à l'aise devant ce regard empli de bonté qu'elle ne le serait s'il lui adressait un regard haineux. Elle comprendrait la haine, la colère, même si elle ne la méritait pas personnellement. Mais méritait-elle ce sourire de la part de cet homme ? Cela la renvoyait à tant de choses, tant d'interrogations, tant de sentiment d'injustice... Elle reprend vivement sa marche sans plus jeter le moindre regard du côté de la gare. Ses yeux se sont embués. Elle pleure, et ce n'est pas le moment.

Elle descend dans la première bouche de métro venue. Absurde, elle aurait tout autant pu chercher un hôtel ou un restaurant par ici. Mais elle veut descendre dans le métro comme pour s'y cacher. Elle aspire à se soustraire du monde un instant et s'imagine que les contrées souterraines du métro peuvent lui offrir cette parenthèse.

Une fois en bas, elle a la surprise de trouver toutes les barrières ouvertes. En raison de la tempête et du gel de tout le circuit ferroviaire, la RATP a décidé de rendre le métro gratuit. C'est toujours ça de gagné, pense Yolanda évasivement.

En attendant sur le quai, la jeune femme pense à une autre jeune femme arpentant ces lieux en d'autres temps. Une trentaine d'années auparavant... Le métro parisien lui fait toujours penser à Sirima qui y chantait avant que Jean-Jacques Goldman ne lui propose d'interpréter avec lui le mythique *Là-bas*.

Elle descend à une station un peu au hasard, Saint-Michel, parce qu'elle a une idée bucolique du quartier et qu'elle se dit qu'il peut y avoir là un rebond de la belle magie qui l'avait entourée dans cette journée parisienne jusqu'à son retour gare du Nord.

Le vieil homme au chapeau la suit toujours. Sa silhouette ténébreuse sort du métro peu après la jeune femme. Il avait réussi à se faufiler dans la même rame qu'elle.

Il étend sa canne sculptée devant lui juste au moment où un jeune homme passe, occupé à pianoter sur son téléphone. Le malheureux est déséquilibré, trébuche mais arrive à se redresser tant bien que mal avant de finir par tomber à quatre pattes aux pieds de Yolanda qu'il bouscule au passage. Celle-ci, facilement déstabilisée à cause de ses sacs, tombe à son tour.

Le jeune homme se redresse, c'est celui qu'elle a télescopé tout à l'heure. Le premier mouvement du garçon est de se retourner vers l'endroit où il a été déséquilibré. Il est stupéfait de voir qu'il n'y a plus aucune trace de l'objet qui s'est mis en travers de son passage et l'a fait choir.

Il se retourne ensuite vers celle qu'il a percuté. Il est sous le choc :

- Encore vous !? Mais vous deviez pas être dans le train ?
- Si, mais tous les trains ont été annulés au départ de Paris à cause de la tempête, vous ne le savez pas ?
- Merde ! Les trains de banlieue aussi ?
- Je pense, oui.
- Putain, comment je vais faire pour rentrer ?

Une bourrasque se met à souffler et soulève du sol le plus léger des sacs de Yolanda. Les deux jeunes gens se relèvent d'un bond et se précipite vers l'objet qui est déporté dans les airs. C'est le garçon qui réussit à l'attraper, il le tend à sa propriétaire.

- C'est vrai qu'il y a un sacré vent. J'espère qu'il n'y a rien de cassé dans

vos affaires à cause de moi. Je suis vraiment désolé, j'comprends pas comment j'suis tombé, c'est comme si quelqu'un avait mis devant moi une barre de fer. Je m'suis pété le tibia d'ailleurs, sa mère ! Et là, j'vois rien… C'est trop zarbi !
- Peut-être un truc que le vent a ramené et qui s'est renvolé depuis.
- Ouais, j'sais pas…

Yolanda affiche une mine déconfite en regardant derrière le jeune homme. Celui-ci s'en inquiète :

- Quelque chose de cassé dans vos affaires ?
- Non, rien chez moi, mais chez vous par contre…

Il comprend dans un éclair et porte la main à la poche de son pantalon :

- Merde, mon téléphone !

Yolanda lui indique le sol derrière lui. Il y gît son téléphone en pièces détachées. La carte SIM a giclé du reste et s'est retrouvée dans le caniveau. L'écran est cassé, la carapace métallique est détachée et se balade plus loin poussée par le vent.

Le jeune homme est désespéré :

- Putain, la loose, c'est mort !

L'appareil lui est tombé des mains dès qu'il a percuté la canne du mystérieux homme à l'écharpe blanche. Trop occupé à essayer de se rétablir, le jeune homme ne s'en était alors pas aperçu.

- Récupérez au moins la carte SIM, vous la remettrez sur un autre tél.
- Ouais, bien sûr, mais j'vais pas trouver un autre tél comme ça. Dans votre monde on fait ça, mais pour moi c'est compliqué, vous comprenez ?
- Mon monde ? De quoi tu parles ? Tu crois que j'aie de la thune, moi, c'est ça ?

- Bah, un peu quand même, oui, vu que tu viens spécialement à Rispa faire du shopping et que tu achètes tous ces trucs-là dans une grande enseigne.
- Figure-toi que j'ai mis presque tout ce que j'avais pour le train, et si j'ai pu acheter tout ça, c'est parce que j'avais gagné des bons d'achat.
- OK, ça va, j'savais pas, calme-toi ! J'pouvais pas savoir.
- En tout cas, j'ai l'impression qu'on a rétabli l'équilibre.
- Comment ça ?
- Eh bien, ça fait un partout.
- Un partout ?
- Bah oui, j'te suis rentrée dedans tout à l'heure, et là c'était à ton tour.
- Ah OK. Mais non, en fait j'ai gagné, à la différence de but.
- Hein ?
- J'ai gagné, parce que moi j't'ai fait tomber alors que toi non.
- Ah ! Si tu veux… Si ça fait plaisir à ton égo masculin. En tout cas, puisqu'on se

tutoie maintenant, il faut qu'on fasse les présentations. Que nous sachions qui est cet autre avec qui le destin nous réunit par deux fois de façon incisive. Comment tu t'appelles ?
- Je m'appelle Malik. Salut !

Il lui tend la main. Elle ne peut, avant de saisir la main tendue, s'empêcher de sourire face à ce comportement.

- Alors, salut Malik, enchantée !
- Oui, moi aussi, enchanté ! Et toi, c'est quoi ton blaze ?
- Yolanda.
- Yolanda. Ah, c'est joli, c'est comme la chanson, là, « Donde estas, donde estas Yolanda ? Para qui, para qui Yolanda ? Que paso, que paso Yolanda ? ». Tu connais pas ? Si, en fait, j'suis con, tu réagis pas parce que tu me trouves lourd, tout l'monde te la fait, c'est ça ?

Tout en chantant, Malik a exécuté sans bouger les pieds quelques mouvements de danse.

- Non, on m'l'a jamais faite. Celle qu'on me fait toujours, c'est de me dire : « Yolanda, comme Dalida ? ». Et là, je précise : « Oui, mais elle c'est avec un i normal, moi c'est un i grec ». Et là, y en a qui rajoutent, en se croyant malins : « Ah oui, elle était italienne, donc forcément ça pouvait pas être un i grec ». Comme si le i non grec était italien, ou comme si moi j'étais grecque.
- Attends, attends, j'ai pas capté… Dalida, y a pas de i grec dans son nom, ça OK. Mais quel rapport entre Dalida et Yolanda ?
- Elle s'appelle pas Dalida en vrai, elle s'appelle Iolanda Gigliotti. Comme Booba, il s'appelle pas Booba en vrai, il s'appelle Élie Yaffa.
- Vas-y, pourquoi tu me parles de Booba ? Tout de suite, les clichés… J'suis un rebeu, j'habite en banlieue, alors ça y est, j'connais qu'Booba. Puis Booba, tout l'monde sait qu'c'est pas

son vrai nom, obligé, Booba c'est pas un prénom. Dalida, par contre, j'pouvais pas savoir…
- On s'calme, Malik. Arrête ta parano, j't'ai pris Booba en exemple parce que c'est le premier qui m'est venu. Et tu sais, moi aussi les clichés ça me gonfle. Je suis ch'ti, alors j'en vois passer aussi des trucs en la matière. On me voit souvent comme une fille qui ne bouffe que des frites, de la mayo et de la fricadelle, et qui n'a de petit pois que celui qu'elle a dans la tête. On me croit une fille d'alcooliques, de chômeurs, quand c'est pas une consanguine débile qui parle en dégueulant.
- C'est vrai que maintenant qu'tu l'dis t'as un petit accent comme dans les films de Dany Boon…

Yolanda se vexe. Malik lui adresse son sourire le plus charmeur.

- Vas-y, détends-toi, c'est plutôt joli les accents, moi j'ai l'accent beur, j'ai pas

honte. Oh, tu pleures ? Qu'est-ce qu'il y a ? J'ai dit un truc si grave que ça, j'suis désolé.
- Non, c'est rien, c'est pas toi. C'est qu'en plus je suis orpheline, donc ça fait doublement une image de pauvresse. Je passe toujours pour la Cosette de service, qui attendrit mais qu'on méprise.

Elle se secoue et se recompose un visage où l'arc-en-ciel succède instantanément à la pluie.

- Les jugements comme ça, c'est relou, mais t'inquiète, après y a des gens qui apprennent à te connaître, et alors tu as accès à d'autres endroits où t'es plus vu pareil, où t'es plus jugé comme ça par des cons. Et puis, pour tes parents, je suis désolé.
- Merci Malik. Tu as raison pour les jugements, et puis de toute façon, je n'sais pas c'qui m'a pris, j'suis pas du genre pessimiste ni à me laisser aller.

Là, y a beaucoup d'émotions qui ressortent, je me suis levé à trois heures et demie du mat', il s'est passé beaucoup de choses dans la journée. Puis là, le froid, la faim, pas savoir où j'vais dormir…
- T'as prévu quoi, là ?
- Là, je cherche un hôtel et un resto.
- T'as d'la thune ?
- Au pire j'serai à découvert. Vaut mieux être à découvert qu'SDF. Surtout avec un temps pareil.
- Ouais, pas faux !
- Et toi, tu fais quoi ?
- Bah moi, s'il y a plus de train de banlieue. Et c'est sûr vu le vent de ouf qui fait, qu'j'ai jamais vu ça. Eh ben, faut qu'j'trouve en urgence un plan pour dormir ce soir sur Paname. J'vais faire le tour de mes potes, mais sans téléphone, ça va être plus limité que j'croyais. Enfin, y en a un qu'habite à deux-trois rues là-bas, et j'pense que

même si lui peut pas m'héberger, il connaîtra quelqu'un qui pourra l'faire ?
- T'es sûr ? Tu veux pas aller manger avec moi ?
- Non, merci. Faut pas qu'j'perde de temps. Et puis, j'ai pas faim, j'ai mangé un sandwich t't'à l'heure. Et toi, ça va aller, t'es sûre ?
- Oui, t'en fais pas.
- OK, en tout cas heureusement qu'on s'est cassé la gueule toi et moi aujourd'hui, parce que faire ta connaissance a été le seul truc sympa de ma journée. Sinon tout a été un pur plan galère.

Là-dessus, Malik adresse un clin d'œil à sa nouvelle amie et prend son courage à deux mains pour avancer contre le vent glacial. Sa tête, recouverte de la capuche blanche de son survêtement, est baissée et engoncée dans ses épaules tandis qu'il trotte de plus en plus vite en direction de l'appartement de son pote.

Yolanda ne peut pas se déplacer si vite avec tous ses sacs, mais elle essaye quand même de se presser tant que possible jusqu'à ce qu'elle arrive dans une avenue pavée abritée du vent.

Elle ralentit alors sérieusement la cadence pour reprendre son souffle. Cette avenue est vraiment un havre de calme après un parcours du combattant.

Il y a d'ailleurs ici encore une belle animation, surtout du côté du parvis d'une église là dans le fond, un endroit d'où parviennent les accords d'une musique jubilatoire.

Grande est sa surprise lorsqu'elle se rapproche. C'est là Thomas Dutronc qui joue avec des musiciens manouches. Ils sont installés là sous des illuminations, sur le trottoir, juste devant le parvis de l'église. Ils jouent des chansons de Noël en version jazz manouche. Ça sent le marron chaud, le vin chaud, et la praline.

Les solos de guitare de Thomas sont hallucinants. Malgré la situation mouvementée et incertaine, Yolanda est captivée, son échine frissonne à répétitions.

Elle s'amuse des changements d'expression du visage des passants lorsqu'ils reconnaissent le fils de Françoise Hardy. Ils sont saisis de stupéfaction. Les plus drôles à observer en la matière sont les pédants et les aigris, leur attitude change du tout au tout subitement, leur mépris ou indifférence à l'égard de musiciens de rue s'évapore instantanément. Certains cherchent des caméras qu'il n'y a pas.

Le moment est magique, mais le vent parvient bientôt à s'engouffrer jusqu'ici. Son souffle perturbe les musiciens comme la musique. De plus, il se murmure dans l'assemblée que des chutes d'arbres, de gouttières, ou autres, sont à redouter et qu'il faut rentrer s'abriter au plus vite.

Dutronc junior finit par s'arrêter et annonce au micro que la musique doit malheureusement prendre fin et qu'ils vont plier bagage. Il conseille à chacun de se réfugier bien au chaud et à l'abri. Au milieu des applaudissements nourris pour les musiciens, certaines plaintes sont émises, frustration légitime de voir prendre fin si vite une si belle ambiance.

Yolanda se dit qu'elle n'aurait pas dû rester si longtemps ici, il est un peu plus de vingt-et-une heures et trouver un hôtel devient urgent.

Tous les hôtels devant lesquels elle passe affichent complet. Elle commence à paniquer. Cela n'a rien d'étonnant, vu que tous les voyageurs sont restés coincés ici, les hôtels ont été pris d'assaut. Pourquoi ne s'est-elle pas précipitée sur le premier hôtel près de la gare ? Pourquoi faut-il toujours qu'elle rentre dans cet état où elle se laisse porter par ses pas plutôt que d'agir constructivement ?

Ses yeux s'embuent. Elle se sent perdue, seule. Elle se décide alors à appeler son mec. Le téléphone sonne cinq fois avant que celui-ci décroche, elle a cru qu'elle allait tomber sur la messagerie vocale :

- Ouais, chérie, ça y est, t'es rentrée de Paris ?
- Non. D'ailleurs, merci de prendre des nouvelles.
- Oh, vas-y, commence pas ! Qu'est-ce qui se passe ?
- Tu n'as pas entendu parler de la tempête ? Il n'y a pas la tempête chez nous ?
- Y a du vent, ouais. Enfin, je crois, je vais regarder.
- Il y a une méga tempête, ils ont annulé tous les trains.
- T'as pas pris ton train ? Pourquoi tu m'as pas prévenu ?
- Parce que, bêtement, j'attendais que ce soit toi qui m'envoies un message pour me demander si tout s'était bien passé, si j'étais bien dans le train, si j'avais pas eu trop froid.
- T'es une grande fille, j'vais pas être derrière toi tout le temps à te demander si tu es bien rentrée, si tu vas bien.

- J't'assure pourtant que, grande fille ou pas, ça se fait pour les gens qu'on aime.
- Qui c'est qui t'a mis ces idées-là dans la tête encore ?
- Personne, putain. Je pense par moi-même, tu sais.
- Oui, excuse-moi. Je sais pas pourquoi j'ai dit ça, c'est que tu vois je t'aime alors d'un coup j'ai été jaloux, je me suis dit que t'avais peut-être rencontré un type à Paris.
- Si tu m'aimes, plutôt que d'être jaloux, tu pourrais être attentionné.
- Oui, ma chérie. Et tu sais, si j'te demande pas tout le temps comment tu vas et si tout se passe bien, c'est parce que je me retiens, je me dis qu'il faut que j'aie confiance en toi, que je sois pas envahissant.
- Ouais… Bon, est-ce que tu peux venir me chercher ?
- Hein ?! À Paris ?
- Bah oui, pas à Ouarzazate.

- Mais, ma chérie, il fait moins quinze dehors, et il est presque vingt-deux heures. Le temps d'arriver en bagnole, il va être minuit au moins. Et je connais pas Paris, comment on va se retrouver ?
- Les GPS, ça existe, tu sais ?
- Ouais, mais bon, ils sont pas toujours fiables.
- Ouais, pas toujours, mais pour trouver l'Arc de Triomphe ou la Concorde, ça va, ça devrait le faire. Alors, j'peux compter sur toi ?
- Tu peux pas trouver un hôtel ?
- Figure-toi que j'en cherche un depuis un moment, mais ils sont tous complets avec la situation.
- Putain, tu fais chier…
- Ah oui, je vais chier ? Ben c'est la dernière fois que tu m'entends. Et c'est sans regret, je sens pas du tout l'amour. Tu m'sors des excuses à deux balles. Alors j'vais te dire, reste bien au chaud chez toi avec ta télé et tes chaussettes qui puent. Tu me reverras plus. C'est

fini, tu m'entends. Un homme qui m'aimerait, il viendrait même s'il faisait vraiment moins quinze, et il viendrait même en vélo.
- Calme-toi, chérie.
- Y a plus d'chérie.

Yolanda raccroche et a un geste d'humeur pour jeter son téléphone par terre, elle retient son mouvement au dernier moment et se met à fouiller dans ses sacs pour en sortir une bouteille de parfum qu'elle fracasse sur le sol goudronné. C'était un cadeau destiné au gonze qu'elle vient de larguer. Cela fera toujours un poids de moins. Et dire qu'ils devaient emménager ensemble au 1er janvier… Il était grand temps qu'elle ouvre les yeux.

Les rues sont maintenant totalement désertes, tout le monde a suivi à la lettre les injonctions des radios et télés à rentrer chez soi et à y rester sagement.

Yolanda se demande où sont passés tous ces gens qui grouillaient en tout sens ici il y a quelques heures. Elle n'avait jamais vu tant de monde dans les rues et les magasins qu'aujourd'hui, et voilà que maintenant elle n'avait jamais vu une ville si déserte et silencieuse.

Même trouver quelque chose à manger est devenu compliqué. Il y a bien des épiceries et des sandwicheries d'ouvertes, mais elle a si froid qu'elle ne peut imaginer ne pas prendre un repas chaud. Il lui faut un restaurant. Mais tous les restaurants qu'elle croise sont fermés. Beaucoup affichent que les portes ont été closes exceptionnellement à vingt-et-une heures pour cause d'intempéries.

Elle finit par s'échouer dans un Hippopotamus qui est resté ouvert. Elle qui est végétarienne…

Elle pense au début ne demander que des légumes, mais elle a trop faim et se résout finalement à faire une entorse et à commander du poisson. Après tout, c'est les fêtes. Elle fera sûrement aussi une entorse demain soir au repas de famille avec ses cousins. Ses yeux s'obscurcissent soudain en ayant cette pensée.

Pourra-t-elle y être ? Rien n'est moins sûr… Les prévisions météo ne sont pas rassurantes. Mais bon, c'est toujours comme ça, la météo, ils ne voient pas les grosses intempéries et sont pris de cours, puis finalement ils tirent la sonnette d'alarme en disant que ça va durer, histoire de se couvrir un minimum si des fois il y avait des dégâts. À défaut de prévenir suffisamment tôt de l'arrivée des choses, ils préviennent de leur prolongation, peut-être pour donner l'illusion après coup qu'ils avaient finalement anticipé et alerté… Ses pensées reviennent au repas prévu demain. Elle devait y aller avec son copain, là, même si elle pouvait s'y rendre, elle serait seule. Ce qui ne serait pas un souci en soi, mais ce qui lui semble pénible à affronter ce sont les questions de sa famille. Ah bon, il est pas là ? Comment ça se fait ? Ah, vous vous êtes disputés, oh, c'est normal, ça arrive dans tous les couples… Bon sang, toutes ces phrases qu'elle imagine lui sortent par les yeux. Heureusement, c'est à ce moment-là que le serveur lui apporte son plat, et la chaleur et le fumet de celui-ci repeignent tout son esprit en couleurs et en légèreté.

Il est presque minuit quand elle sort du restaurant et se jette à nouveau dans la capitale glaciale balayée par un vent furieux, cité lumineuse mais déserte.

Elle regarde scrupuleusement toutes les devantures des hôtels sur son chemin. C'est toujours le même refrain, il y a toujours un panneau lumineux ou un écriteau qui dit complet.

La jeune femme regrette ses achats du matin qui lui pèsent. Elle se fait des croche-pieds avec ses sacs et finit par s'étaler de tout son long, le ventre contre l'asphalte glacée, ce qui lui retourne les boyaux. Il ne manquerait plus que ça, qu'elle soit prise là d'une envie pressante. Elle se relève en se massant le ventre et finit à contrecœur par se débarrasser d'un sac qu'elle ne juge pas mériter qu'elle s'encombre ainsi

Elle pense aux migrants vus tout à l'heure à la gare, va-t-elle partager leur sort en cette nuit ? En a-t-elle la force ?

La fatigue la gagne de façon dantesque. Il lui revient cette phrase de Bruno Moynot dans *Les bronzés font du ski* : « Dormir, c'est mourir ». Oh comme cette phrase semble bien s'appliquer dans sa situation présente. Va-t-elle mourir de froid ? Peut-elle empêcher ce funeste sort de se réaliser ?

C'est alors qu'elle est apostrophée par un clochard alcoolisé qui lui demande cavalièrement une clope. Elle se demande bien comment on peut penser à fumer dans un contexte pareil. Elle répond qu'elle n'en a pas, ne fumant pas. L'individu reconnaît son accent ch'ti et se fout de sa gueule avant de lui redemander de quoi fumer. Son ton est de plus en plus menaçant. Il ne semble pas pouvoir concevoir que la jeune femme n'ait réellement pas de cigarette, pense-t-il qu'elle ne veut pas lui en donner ou rejoue-t-il le fameux sketch des croissants de Fernand Reynaud ? La seconde probabilité paraît fort peu probable, rien ici n'est risible. L'homme semble violent et dément et Yolanda est à deux doigts de crier au secours. Elle est d'autant plus paniquée qu'à part eux deux dans la rue, il ne semble avoir âme qui vive. Bien sûr, il y a l'homme au chapeau haut-de-forme, mais comme d'habitude la jeune femme ne le voit pas.

Un chien fait alors irruption et fait peur au clochard qui passe son chemin. C'est un grand chien blanc aux poils longs, il semble inviter Yolanda à le suivre.

Totalement désemparée, la béthunoise est heureuse de suivre une créature qui semble savoir où elle va.

Le chien débusque dans une ruelle, sous un porche, un étrange personnage que Yolanda ne saurait définir. L'apparition se présente :

- Salut, je m'appelle Suze. Tu veux une clope ?
- Non, merci, je n'fume pas.
- Ah, dommage… Enfin, tant mieux pour ta santé.
- J'peux m'asseoir à côté de toi.
- Ouais, bien sûr, à l'aise, tranquille, au calme.

Yolanda s'assoit et remarque qu'effectivement elles sont dans cette position à l'abri du vent, du moins pour le moment. Elle se blottit quelque peu contre son étrange compagne d'infortune, elle a tellement froid. Suze semble beaucoup apprécier ce contact, ses grands yeux étranges se révulsent comme sous l'effet d'un orgasme.

Yolanda détaille le personnage qui lui tient compagnie. C'est une jeune femme qui semble assez extraterrestre, elle ressemble à un lutin. Elle est sans genre, sans âge, semblant avoir échappé à tout formatage. Ses cheveux bouclés sont magnifiques, denses et ardents, une forêt broussailleuse et enchanteresse. Son front est large. Sa physionomie et ses traits de visage évoquent un peu Édith Piaf.

Suze se met d'un seul coup à se lancer dans des propos interminables articulés de sa voix rauque et ténue. Elle commence par dire qu'elle est en fait un garçon qui s'appelle Jojo. Puis ce sont des histoires compliquées qui s'érigent, de folles aventures mélangeant aliens, délires sexuels, délires sexuels et histoires cartoonesques bon enfant. Le long monologue s'arrête d'un coup, comme si la source était tarie.

Suze-Jojo se met alors à draguer ouvertement Yolanda qui se recule alors jusqu'à ce qu'il n'y ait plus le moindre contact physique entre elles.

La béthunoise sort alors de son sac les chocolats achetés. Suze-Jojo s'extasie devant les motifs de la boîte d'un des ballottins. Sa pâmoison dure un moment, on dirait qu'elle n'a jamais rien vu d'aussi beau. Sa camarade d'un soir attend que ça passe en essayant de ne pas rompre le charme. Puis, elle ouvre plusieurs boîtes et en propose le contenu à Suze-Jojo qui dévore une dizaine de chocolats dans un temps record, avec une gourmandise gloutonne enfantine.

Yolanda est heureuse de voir cette franche joie sur le visage de Suze-Jojo qui semble être celui d'un bébé, elle est aussi satisfaite de voir tout ce poids disparaître de ce qu'elle doit porter jusqu'à la fin de la nuit.

Elle mange elle aussi plusieurs chocolats. Suze-Jojo a baissé de régime, mais elle continue sa dégustation avant de s'arrêter comme en proie à une soudaine grosse contrariété. On dirait que c'est tout l'espace qui vient de s'obscurcir autour d'elle. Yolanda est très impressionnée et se demande bien ce qui s'est passé.

Suze-Jojo a repoussé les friandises et son regard est sombre, un peu perdu dans le vide.

Yolanda tente de questionner sa camarade d'une voix hésitante :

- Il y en a un qui n'était pas bon ? Tu en as trop mangé, tu es écœurée ? Qu'est-ce qui ne va pas ?
- Non ! Fais pas semblant de pas comprendre.
- Mais de comprendre quoi ?
- Tu sais très bien.
- Mais non, j't'assure…
- J'suis grosse, j'suis moche. Et toi tu me donnes du chocolat. J'ai plus qu'à me faire vomir !

De grosses larmes coulent sur les joues de Suze-Jojo. Yolanda la prend dans ses bras et la sert contre elle en lui caressant la nuque pour l'apaiser. Celle qui est si chamboulée tremble de tout son corps et pousse quelques cris étranges et déchirants avant de finir par se calmer.

Elle se calme d'autant plus vite que Yolanda lui murmure à l'oreille :

- Voyons, tu n'es pas grosse. Tu es tout au plus un peu ronde. Et encore, je suis sûre que tu l'es moins que moi. Et moi, je me trouve belle, et beaucoup de gens le trouvent aussi. Tiens, j'ai même Patrick Bruel qui m'a souri aujourd'hui. Il faut avoir confiance en toi, tu es belle, et on sera toujours plus belle à manger du chocolat qu'à se faire vomir. Manger du chocolat ça rend heureux, et une femme heureuse est une femme belle. Les filles qui se font vomir sont dépressives.
- Oui, tu as raison, ça va mieux.

Suze-Jojo essuie les larmes de ses joues, et lorsqu'elle se redresse son regard est pétillant, elle demande à Yolanda de lui chanter une chanson.

Suze-Jojo est comme un mélange de tout, on dirait qu'elle est un morceau d'arc-en-ciel tombé des nuages.

Yolanda n'aura pas le temps de commencer à chanter, sa camarade reçoit un message sur son téléphone et s'éclipse soudainement sans dire au-revoir. Elle est rentrée dans la maison dont la porte est derrière le porche dans lequel elles étaient assises. Ainsi, Suze-Jojo habite ici et était simplement assise sur son palier.

Yolanda se remet en marche. Ses mains la font souffrir, elle aurait dû prévoir des gants. Le fait de ne pas pouvoir les mettre dans des poches et d'en plus devoir porter ces lourds sacs qui lui cisaillent les doigts gercés par le froid, c'est vraiment une sacrée épreuve. Comment a-t-elle pu se retrouver dans une telle position ? Le temps qu'elle était avec Suze-Jojo, elle avait complètement oublié sa situation personnelle pourtant si préoccupante.

Elle n'a maintenant plus qu'une idée en tête, marcher pour ne pas geler sur place. Elle peut toujours compter sur le chien blanc qui l'a attendue et est reparti avec elle. Il la devance et semble toujours la guider joyeusement. Elle le suit en espérant une quelconque providence.

Elle a l'impression que ses longs cheveux bouclés sont en train de durcir comme s'ils allaient se pétrifier avec le froid. Tout son corps lui fait mal.

Partout dans les rues se forment des tourbillons de branches et de sacs en plastique.

Le bruit est de plus en plus alarmant, on ne sait pas ce qu'on entend mais il semble que des choses en tout genre tombent des toits.

IV. SLEIGH RIDE

Un arbre s'effondre. Au lieu de s'enfuir, Yolanda reste pétrifiée comme ne pouvant pas y croire.

L'homme à l'écharpe blanche surgit de la pénombre et se jette sur la jeune femme, il la pousse juste ce qu'il faut pour que le vieux platane les évite.

Ils restent un moment immobiles et muets, sous le choc. La jeune femme finit par se retourner vers celui qui vient de la sauver et articule un remerciement chuchoté, le souffle court. L'homme ne réagit pas. Au bout d'un moment, il se remet prestement sur ses pieds et peste avec humeur contre l'arbre chu :

> - Ah ces maudits platanes, ils n'aiment pas l'hiver ! Ils sont jaloux des conifères qui en cette saison sont au centre de toutes les attentions et qui eux

ne perdent pas leur parure. Ils sont prêts à tout pour attirer l'attention et se venger du monde entier pour leur sort qu'ils estiment injuste.

Yolanda est éberluée d'entendre un tel discours. Elle se redresse et articule d'une voix qui devient petit à petit à peu près claire et sonore :

- Le pauvre platane, il n'a rien fait. Au contraire, il vient de mourir. Il ne s'est pas déraciné tout seul, c'est la tempête qui l'a fait. C'est le vent l'assassin, c'est lui qui est à maudire.
- Balivernes ! Ces platanes sont des kamikazes. Ils se suicident en profitant du moindre coup de vent si ça peut tuer quelqu'un avec eux. Surtout quand cette personne est l'incarnation même de la beauté et de la pureté, si c'est comme vous une vraie héroïne d'un film de Noël.

Yolanda rit de l'étrangeté du propos sur les arbres, mais elle sourit surtout, en rougissant, de ce que cet élégant monsieur vient de dire sur elle.

Elle considère l'homme qui lui fait face et sans qui elle serait peut-être morte à l'heure qu'il est. Des branches l'ont éraflé. Ses vêtements chics sont quelque peu déchiquetés sur son bras. Yolanda a peur qu'il soit blessé, il se dérobe à sa vérification et minimise l'incident. La jeune femme est désolée de l'état dans lequel il s'est mis pour elle, elle est impressionnée de cet homme qui doit être très riche et qui ne peste pas sur le fait que ses vêtements coûteux soient ainsi mis hors d'usage.

Ne sachant trop que dire, la jeune femme lance une question qui la taraude et qui sied bien :

- Comment vous appelez-vous ?
- Je m'appelle Pierre, Pierre Nicolas, mais appelez-moi Pierre.
- Ah ! Alors Monsieur Pierre m'a sauvé de Monsieur Arbre, enfin Monsieur Platane pour être plus précise. Belle

entreprise du monde minéral qui vole au secours du monde humain agressé par le monde végétal.
- Je suis ravi d'avoir sauvé une demoiselle ayant tant d'esprit, c'est devenu chose fort rare.
- Et à la fois peut-être qu'il eût été plus charitable de me laisser périr ainsi. Il valait sans doute mieux mourir occise par un arbre que de froid, c'est plus rapide et moins atroce.
- Comment ça ? Vous prévoyez de mourir de froid ?
- Ce n'est pas de gaîté de cœur, mais je ne vois malheureusement pas d'autre alternative à l'issue de cette nuit.
- Comment ça ? Vous n'avez nulle part où aller ? Nul endroit où vous abriter ?
- Non. Mon train a été annulé. Tous les hôtels sont complets, et je ne connais personne ici.
- Mais sacrebleu, c'est intolérable ! Venez, on va vous arranger ça.
- Venir où ? Et qui est ce on ?

- Par venir, je veux dire suivez-moi, je vais vous trouver un véhicule qui saura vous conduire à une chambre douillette. Pour ce qui est du « on », c'est une façon de parler, j'aurais pu dire « je ». Ne bougez pas, juste le temps de passer un appel.

Monsieur Pierre s'est mis à l'écart pour passer son appel et revient au bout de moins d'une minute. Le guide à quatre pattes de Yolanda lui saute dans les jambes avec enthousiasme.

- Suffit, Chenapan, assis !
- Chenapan ??!! Vous connaissez ce chien ?
- Oui, bien sûr, c'est mon chien. Il a fugué hier matin.
- Oh, mais c'est parce que vous le cherchiez que vous êtes tombé sur moi, non ?
- Non, du tout. Je n'avais aucune idée d'où il était passé. C'est plutôt lui qui m'a retrouvé. Moi, vous savez, je n'ai

pas son odorat. C'est lui qui a dû en avoir marre de faire sa crise d'adolescence et qui a retrouvé la trace de papa.
- En tout cas, ce n'est pas un chenapan, je dirais plutôt que c'est un adorable compagnon. Il a été précieux pour moi. Il m'a indiqué le chemin quand je n'avais plus la force de rien.
- Le chemin de quoi ?
- Je ne sais pas, le chemin qui m'a mené à vous, visiblement.
- Oui, ou qui a failli vous mener sous un platane. Merci Chenapan !

Chenapan regarde son maître avec un air de désapprobation triste.

Des bruits de roues sur la chaussée se font entendre. C'est une calèche qui apparaît bientôt dans la rue devant une Yolanda médusée.

- Dépêchez-vous de monter là-dedans, il y a des vitres, c'est fermé, vous y serez à l'abri du vent.

- Vous voulez dire que c'est ça le véhicule que vous avez fait appeler ?
- Bah oui, vous vous attendiez à quoi ? Un Uber ?

La jeune femme ne sait quoi répondre et commence à monter dans l'insolite véhicule. Elle a soudain un mouvement en arrière que Monsieur Pierre comprend tout de suite.

- Laissez ! Je m'occupe de vos sacs.

Une fois que tout est installé à bord, sacs, chien, femme et homme, la calèche démarre.

Quel plaisir pour Yolanda d'avoir à peu près chaud sur cette banquette de moleskine rouge et blanche. Elle trouve la promenade très romantique, Paris illuminé s'offre à son regard. À contempler cela dans cette position, elle a l'impression d'être la reine d'Angleterre, ou tout du moins la princesse de Galles. Elle apprécie les secousses des passages dans les rues pavées, elles finissent par provoquer son hilarité qui se transmet à son bienfaiteur nocturne.

Monsieur Pierre lui semble être le prince charmant, la rencontre sentimentale providentielle. Il a vraiment beaucoup d'allure. Elle aime son parfum épicé. Cannelle, muscade, gingembre ? Comment émane-t-il de lui une telle senteur ? Elle aimerait connaître le nom de son parfum. Elle est aussi particulièrement sensible à sa voix si pleine et charismatique.

Elle s'imagine déjà emménager avec lui dans une somptueuse propriété enneigée d'Europe centrale. Elle se dit que l'emménagement peut encore se faire le lendemain soir. Sa première soirée serait un bal de Noël illuminé par la classe et l'humour d'un valet digne du Niles d'*Une nounou d'enfer*.

Une espèce de téléphone rouge d'une forme insolite n'arrête pas de vibrer et de sonner dans la poche du grand manteau noir de Monsieur Pierre.

Les voici arrivés à destination. Yolanda réalise qu'elle ne s'est même pas enquise de cette destination. Son compagnon de route ne lui a parlé que d'une chambre douillette.

Elle ne dit rien et se laisse guider, se sentant, peut-être naïvement, en confiance.

Elle découvre en descendant de la calèche qu'ils sont en face de l'hôtel Georges V. Elle affiche son incrédulité :

- Le Georges V ?! Ils ont encore des chambres, ici ? Mais de toute façon, c'est hors de prix, je n'ai vraiment pas les moyens.
- Voyons, voyons, je vous ai promis une chambre douillette, je ne vous ai jamais dit que vous auriez quoi que ce soit à payer, mademoiselle. La chambre est réservée et réglée, elle est au deuxième étage, et je donnerai vos bagages au liftier qui vous les montera.
- Merci, mais ça me gêne un peu.
- Taratata ! Vous êtes trop fatiguée pour être gênée. Montez ! Mettez vous au chaud, et reposez-vous.

Elle obéit avec joie mais ne peut s'empêcher de se retourner au moment de franchir le seuil du luxueux établissement. Elle voit alors Monsieur Pierre s'affairer avec ses sacs. Elle jurerait qu'il a parlé aux chevaux, mais sans doute parlait-il à Chenapan, ou au conducteur de la calèche. Son regard s'attarde tout de même sur les chevaux. Ils sont bizarres ces chevaux, on dirait qu'ils ont des bois sur la tête, oh c'est sans doute une hallucination due à la fatigue.

Arrivée dans sa suite, Yolanda se love dans les douillets draps de soie avec sur elle couvertures, couette et édredon. Elle a maintenant bien chaud, mais le froid accumulé fait encore grelotter son corps. Elle s'endort très rapidement.

V. WINTER WONDERLAND

Yolanda a connu hier des épisodes douloureux en fin de journée, mais au réveil ce matin ce qu'elle retient n'est qu'une succession de fééries. Elle paresse au lit en repensant à toutes ces rencontres enchantées improbables... Le grand sapin des galeries marchandes, Bruel, Soprano, Malik, Thomas Dutronc, Suze-Jojo, et surtout Monsieur Pierre...

Puis elle se lève enfin et fait la folle dans sa salle de bains de princesse qu'elle vient de découvrir, n'ayant même pas poussé sa porte lorsqu'elle est arrivée cette nuit.

Il est onze heures et demie quand Monsieur Pierre frappe à la porte. La jeune femme affiche un sourire radieux.

- Vous vous êtes bien reposée ?
- Oui, je suis en pleine forme !

- Très bien, très bien. J'ai obtenu de la direction de vous faire servir le petit-déjeuner même à cette heure tardive. Je dois cependant jouer le rôle du garçon d'étage. Si vous le permettez…
- Ooh la la, ça a l'air trooop bon !
- Rien n'est jamais trop bon.
- Au fait, c'est toujours la tempête ? C'est tellement bien insonorisé ici, on n'entend rien.
- Oui, c'est toujours la tempête. Le trafic ferroviaire n'a pas repris.
- Oh merde !
- Mais ne vous en faites pas. Mangez ! Et sachez que si ce soir, vous n'avez toujours pas pu rentrer chez vous, vous pouvez garder cette chambre, je viens de voir avec la direction il n'y a pas de problème.

Après avoir mangé avec gourmandise, Yolanda s'assoit contre Monsieur Pierre, elle commence même à se pencher vers lui. L'homme se raidit alors et se détourne puis se lève d'un bond.

Sans regarder la jeune femme, il articule mécaniquement :

- Bien, je vous laisse, à plus tard !

Yolanda est très contrariée de le voir prendre congé de la sorte. Après un instant de trouble tétanisant, elle décide de lui courir après. Elle pense qu'il a pris l'ascenseur et qu'elle peut sans doute arriver avant en bas en dévalant les escaliers quatre à quatre.

Arrivée à la réception, elle voit qu'il a toujours de l'avance sur elle, elle voit sa silhouette qui vient de passer le seuil de l'établissement.

Elle se jette au dehors. Elle est essoufflée et s'est lancée dans la rue sans prendre de précaution. Elle télescope quelqu'un et le choc les fait tomber tous deux.

Ils se redressent d'un même mouvement et sont stupéfaits de se découvrir l'un l'autre. D'un même chœur ils s'exclament :

- Non !? Encore toi !?

Ils éclatent alors d'un grand rire devenant vite fou rire. Ils se roulent par terre là sur le trottoir, devant le Georges V, sous les regards des passants indignés.

Malik se relève en premier, il aide la jeune femme à se dresser à son tour sur ses pieds. Le jeune homme se tient le nez, il a mal, c'est le choc avec Yolanda qui lui a particulièrement impacté l'os nasal. Sa camarade s'en rend compte et se confond en excuse, elle sort une pommade à l'arnica de son sac et lui en applique sur le nez. Malik est gêné qu'elle lui fasse ça, surtout ainsi dans la rue devant tout le monde.

Tout en le soignant, Yolanda lui demande ce qui lui est arrivé depuis hier soir. Malik ne veut pas trop raconter mais finit par lâcher, devant l'insistance bienveillante de la jeune femme, qu'il a dû dormir dans une cage d'escaliers. C'est le seul endroit que son pote parisien lui a trouvé.

Yolanda est très peinée d'apprendre ça, elle lui propose d'aller se reposer dans sa suite au Georges V. Malik roule des yeux écarquillés :

- Comment ça, tu as une suite ici !? Ah, tu t'es bien foutue de ma gueule alors, je croyais qu't'étais pas riche.
- Mais non, c'est pas moi qui l'ai payée. On me l'a offerte.
- Tu connais des gens qui peuvent t'offrir des suites dans ce genre d'endroit ?

Yolanda raconte alors tout ce qui lui est arrivé depuis qu'ils se sont quittés la veille. Le jeune homme est très méfiant au sujet du comportement de Monsieur Pierre mais il n'insiste pas à exprimer ce sentiment. En revanche, il refuse catégoriquement d'aller dans la suite :

- Non, c'n'est pas mon monde. Et puis, cette suite, on te l'a offerte à toi, pas à moi.
- Oui, mais je peux amener des invités.
- On t'l'a pas précisé. Et t'te façon le mec de la réception d'un hôtel comme ça, il voit ma tronche, il appelle direct la sécurité.

- Comme tu veux, j'insiste pas, mais arrête ta parano ! J'suis sûre qu'il l'aimerait ta tronche.
- M'étonnerait, mais bon. Alors, y a toujours pas de train, qu'est-ce que tu vas faire ? Tu vas rester dans ta suite ?
- Non, je vais retourner me promener dans Paris. D'autant que maintenant j'ai les mains libres, mes sacs sont restés en haut.
- Ah oui, cool !
- T'as quelque chose de particulier à faire ou pas ?
- Non, pourquoi ?
- Je dois à tout prix trouver un cadeau pour ma petite sœur. C'est une poupée qui chante, elle est un peu rare. Y va peut-être falloir qu'j'fasse plein d'magasins pour la trouver, tu veux v'nir avec moi ?
- OK. Avec plaisir !

Et les voilà à l'aventure dans Paris à la recherche d'une poupée qui a effectivement bien du mal à être dénichée.

Les heures passent. La quête est toujours vaine, mais l'espoir demeure et l'ambiance est bonne.

Il est seize heures lorsqu'ils prennent une pause pour prendre une boisson chaude. En sortant du café, ils ont chacun un élan l'un vers l'autre. Timidement, petit-à-petit, en faisant chacun de petits pas, ils en arrivent à s'enlacer et à s'embrasser. Leurs lèvres s'épousent tendrement, puis s'entrouvrent afin que leurs langues se joignent et s'entremêlent. Malik est beaucoup plus petit que Yolanda, il doit se mettre un peu sur la pointe des pieds pour bien épouser la bouche de la jeune femme. Il en a un peu honte, il espère que celle-ci ne remarque pas sa position.

L'étreinte est longue, délicate. Les corps tellement mis à l'épreuve par le froid ces dernières heures sont maintenant emplis de chaleur intense.

Lorsqu'ils rouvrent leurs yeux, nos tourtereaux ont la grande surprise de voir des flocons de neige tomber sur leurs museaux glorifiés. Cela les fait sourire béatement.

VI. BABY IT'S COLD OUTSIDE

Il est dix-neuf heures et les rues sont désertes. Les courageux qui étaient là plus tôt, bravant le vent et les arbres tombés, se sont tous calés au chaud dans un coin pour réveillonner.

La neige a été éphémère, les nuages ont été vite chassés par Éole.

Les derniers magasins ouverts sont en train de fermer leurs portes. Yolanda en est triste. Son compagnon la réconforte :

- T'en fais pas. On a essayé tant qu'on a pu. J'aurais dû m'y prendre avant, d't'te façon.
- Elle sera pas trop triste, ta sœur ?
- Oh ! Elle s'ra pas triste longtemps. Puis elle sait qu'cette poupée est rare. Elle croyait qu'son grand frère était un super héros qui allait la trouver quand même, elle s'est trompée.

La jeune femme pense alors qu'il est son super héros à elle. Elle a un mouvement pour embrasser Malik, mais elle retient son élan d'un seul coup lorsqu'elle aperçoit Monsieur Pierre venir au devant d'eux.

- Alors, les jeunes, cette nuit de Noël s'annonce bien ?
- Vous êtes qui, vous ?, rétorque le jeune homme sur un ton peu amène aussi glacial que le vent qui s'escrime sur la capitale.
- Ah, oui, excusez-moi, jeune homme. Je ne me suis en effet pas présenté à vous. Pierre Nicolas, pour vous servir ! Enfin, appelez-moi Pierre.

Monsieur Pierre a fait une révérence tout en déclinant son identité, de l'autre main il a soulevé son beau chapeau. Ce comportement a suscité de l'admiration dans le regard de Yolanda. Malik s'en est aperçu et s'est encore plus fermé. Surtout que lui a trouvé cela guignolesque.

Comme le jeune homme ne se présente pas à son tour, la béthunoise intervient :

- Excusez-le, il est un peu rustre. Il s'appelle Malik. On s'est rencontré hier par hasard, et ce même hasard a fait qu'on s'est retrouvé aujourd'hui.
- Ah-ah ! Paris, éternelle et magnifique entremetteuse. Cette ville a toujours l'art de former des couples, c'est la ville du coup de foudre.

Yolanda est très gênée, son regard s'oriente vers ses chaussures et sa bouche se dépêche d'articuler :

- Non, non, il ne s'agit pas de ça. Juste on s'entend bien.

Ces mots sonnent comme un coup de poignard dans le cœur de Malik.

- Ah ouais, c'est ça, on s'entend bien, juste. Bon bah, c'était fun mais j'dois y aller, je te laisse avec Monsieur le grand seigneur.

Une fois ces mots prononcés, il tourne sèchement les talons. Il s'éloigne de trois pas avant de revenir fébrilement se présenter en face de Yolanda.

- Tu sais quoi ? De toute façon, j'fête pas Noël, c'est pas ma culture. Alors j'ai rien à foutre là. Et toi, va passer Noël avec ce grand gars riche, intelligent et bien habillé !

Il retire et jette à terre le chapeau de Noël que Yolanda vient de lui offrir, puis il s'enfuit à toute hâte pour cacher les larmes qui affluent au coin de ses yeux.

Ce sentiment, il ne le connaît que trop. Ce n'est pas la première fois que Malik se sent renié, trahi, méprisé, mais c'est certainement la plus douloureuse.

Yolanda reste hébétée, les yeux dans le vague. Monsieur Pierre toussote.

- Je suis désolé, je ne pensais pas que mon arrivée causerait une dispute.

- Ne vous en faites pas, ce n'est pas votre faute. C'est un problème de lui avec lui, il est très susceptible. Et puis, il a peut-être cru des choses…
- J'en connais surtout une autre qui ce matin semble avoir cru des choses…
- Je suis désolée si mon comportement vous a mis mal à l'aise. Pourquoi êtes-vous parti précipitamment au lieu d'en parler ?
- Vous m'avez pris de court. Je n'aurais jamais imaginé que vous puissiez croire des choses entre vous et moi… Voyons, soyez sérieuse. Je suis un vieil homme.
- La différence d'âge, on s'en tape. Il n'y a pas d'âge pour aimer. Et puis, vous n'êtes pas si vieux, en tout cas vous n'avez pas l'air de l'être.
- Merci de me dire cela. Mais âge ou pas âge, il n'y a de toute façon aucune ambiguïté entre nous. Vous avez votre vie à faire, je suis heureux de vous aider dans cette situation délicate où vous vous êtes retrouvée hier soir, mais

la relation entre nous s'arrête là. En revanche, ce jeune homme qui vient de nous quitter le cœur en lambeaux, il n'a pas cru des choses, lui. Ces choses étaient partagées, non ?
- Oui, on s'est embrassé, on s'est tenu la main.
- Alors pourquoi le renier ainsi que vous venez de le faire ?
- Parce qu'on a fait ça au présent, mais je ne crois pas à un avenir avec lui. Je me suis pas projetée, je me suis pas posée la question. Je me suis beaucoup plus projetée avec vous.
- Avec moi ? Mais grands dieux, mademoiselle, arrêtez de rêver et vivez ! Ce jeune homme, là, ce Malik, il vous aime. Vous ne l'aimez pas ?
- On se connaît pas assez pour parler d'aimer.
- Là, c'est un argument faiblard, comme celui de la différence d'âge. Quand on aime, c'est tellement fort, ça dépasse tellement tout, on se pose pas la

question de savoir si on se connaît suffisamment ou non. Quand on a le grand frisson, on connaît ce qu'on a à connaître en un seul regard. Ce grand frisson, vous l'avez eu avec lui ?
- J'ai ressenti un truc particulier, oui. Notre premier baiser, c'était magique. Il est mignon, il est sympa, mais c'est pas un mec qui peut me faire évoluer. Je veux pas finir cassos avec lui dans sa banlieue pourrie.
- L'amour, belle Yolanda ! L'amour, ça ne soucie pas de ça. Et si votre quotidien devenait moche, c'est que vous ne vous aimeriez pas assez. Quand on s'aime, tout est merveilleux. Qu'on soit à Venise ou à Aubervilliers, c'est la même splendeur de tous les instants. Vous savez, quand on vieillit, on réévalue tout, et les considérations sociales et le qu'en dira-t-on, ON S'EN TAPE ! La seule chose qui compte c'est l'amour, le frisson, la joie, se

sentir bien quelque part, avec quelqu'un.

Yolanda est enfiévrée par ce discours exalté, mais elle note tout de même au passage que c'est étrange, elle n'a aucun souvenir d'avoir jamais dit à Monsieur Pierre comment elle s'appelait…

Un peu insolente, elle apostrophe son bienfaiteur :

- Et vous, où il est votre grand amour ?
- Envolé ! Mais justement, ne faites pas comme moi. Que mes erreurs servent au moins à quelque chose en vous dissuadant de faire pareil.
- Ça vous a pas trop mal réussi, on dirait…
- Tu dis ça pour le Georges V, la calèche, le costume, le pardessus en cachemire, le chapeau feutre Traclet, l'écharpe en soie avec brodé le nom d'un grand couturier, mais tout ça c'est du vent, du toc. Ne fais pas comme tous ces jeunes qui passent à côté de tout pour courir

après une image. La vie est trop belle pour la gâcher en poursuivant des chimères.
- Et tous ces messages que vous recevez en permanence sur votre téléphone ? Vous êtes quelqu'un de très demandé, de très sollicité, ça ne compte pas cela ? Est-ce que vous auriez été si populaire si vous aviez vécu votre grand amour ?
- Je ne suis pas populaire, et même si je l'étais, ça me ferait une belle jambe. Ces messages que je reçois ne sont pas des marques d'amitié ou d'affection, c'est professionnel.
- La vache ! Vous devez être sacrément occupé. Vous bossez dans quoi ?
- Je suis un homme d'affaires.
- Oui, mais dans quel secteur ?
- La livraison à domicile. Ce qui explique pourquoi j'ai tant de travail en cette période de l'année. Mais assez parlé de moi ! On parlait de vous…
- Je ne voudrais pas vous prendre votre temps, à rester ainsi avec moi vous

devez perdre le fil de tout ce que vous avez à traiter.
- Ne vous souciez pas de mes affaires, elles se gèrent bien, j'aurai tout le temps de les traiter. Et c'est moi qui décide à quoi occuper mon temps. Là, tout de suite, je veux juste essayer de vous faire comprendre que vous gâcheriez quelque chose de précieux si vous ne retourniez pas auprès de Malik pour vous excuser.
- De toute façon, il ne me pardonnera pas.
- Taratata ! Si vous n'essayez pas, vous ne saurez jamais. Il ne faut pas faire de supposition comme ça.

La jeune femme se met à sangloter. Monsieur Pierre l'enlace un peu gauchement, il lui frotte le dos.

- Allons, ça va aller. Et si vous avez peur de manquer d'argent, ça peut s'arranger. Tenez, je vous donne cette bague. L'anneau est en or et la pierre

précieuse qui est montée dessus est un rubis doré à l'or fin, vous pouvez en tirer un très bon prix.
- Non, j'peux pas accepter, murmure Yolanda entre deux sanglots.
- Si, bien sûr que vous le pouvez. Vous me rendez service en acceptant. Cette bague ne me donne plus que de la souffrance et du regret. À cause d'elle je vis dans le passé, coincé dans le satané « si seulement je pouvais revenir en arrière… ».

Il lui adresse un clin d'œil charismatique, elle trouve qu'il a l'étoffe d'un grand comédien. Elle prend la bague et l'admire un moment. Monsieur Pierre en profite pour commencer à s'éloigner.

- Vous me promettez de penser à ce que je vous ai dit ?
- Oui, mais pour Malik, y a rien à faire. Son téléphone est cassé, je ne connais pas son nom de famille, je n'ai aucun moyen de le joindre.

- Vous vous êtes retrouvés aujourd'hui alors que ça semblait impossible, alors qui sait ?
- Ouais… Vous partez déjà ?
- Eh oui, les affaires…

Une fois qu'il est hors du champ de vision de la jeune femme, Monsieur Pierre tourne dans la rue la plus sombre et commence un étrange monologue semblant s'adresser à une créature que l'on ne voit pas.

- Ah, ça y est ! Je savais que tu viendrais me trouver et que tu aurais quelque chose à redire… Je ne respecte pas les règles ? Peut-être que je ne respecte pas toutes les règles administratives, mais l'essentiel il me semble est que je respecte la règle éthique, l'esprit de notre travail. Mes actions sont motivées par la charité, je mets en pratique ce que tu m'as appris. Je suis fatigué de ce monde robotique où l'on ne fait que ce qu'il faut faire et où au final les choses ne tournent pas si rond… Je m'occupe de gens qui ne sont pas chrétiens ? Non, mais, tu t'entends ? Comment peux-tu ainsi différencier les gens ? On est tous les mêmes, papa, tout le monde a le droit au bonheur. Je serais censé avoir des attributions pour ne me soucier que des chrétiens ? Ridicule ! Ce genre de considérations ne m'effleure même pas l'esprit, ça fait boomerang dans ma tête et ça repart à l'envoyeur, et j'espère que quand ça revient chez toi tu t'aperçois d'à quel point c'est grotesque... J'édite de faux bons d'achat ? Faux peut-être, mais plus vrais que nature, ils sont passés comme une lettre à La Poste.

VII. HOLY NIGHT

Yolanda n'est pas retournée dans sa suite, elle est retournée gare du Nord. Pour voir au passage quand était annoncée la reprise du trafic, mais aussi pour retrouver les migrants qu'elle avait vus hier soir.

Il n'y a toujours rien de fixé quant à la reprise de l'activité dans la gare. En ce qui concerne les migrants, la jeune femme voulait savoir si pour eux ce serait un soir comme les autres ou bien si quelque association s'est arrangée pour leur faire partager un peu de la fête de Noël.

Elle trouve les migrants réunis un peu plus loin sous une grande tente, autour d'un feu brûlant dans un grand fût métallique. Il y a effectivement une poignée de bénévoles qui leur servent des « soupes de Noël ». Yolanda demande aux associatifs si elle peut se joindre à eux. Elle est accueillie avec joie et endosse un dossard blanc et bleu.

La soupe de Noël est un velouté de châtaignes au jus de poulet avec des morceaux de champignons. La jeune femme n'y goûte pas mais elle hume l'odeur qu'elle ne trouve pas très agréable, sans être trop mauvaise.

Tous les errants présents sont bientôt servis en soupe (certains deux fois). Cela commence à devenir un peu festif. Des femmes entonnent des chants de Noël. Un membre de l'association a apporté quelques instruments de musique qu'il met à disposition. Le djembé et la guitare sont rapidement pris.

Le bruit du vent qui menace de faire s'envoler la tente est une musique à part entière que les musiciens incorporent dans leur jeu. On dirait une espèce d'œuvre imprécatoire.

Le repas de fête est rehaussé de ce qui a été trouvé dans les poubelles. En cette période, particuliers et magasins jettent souvent de petits trésors. On a eu les yeux plus gros que le ventre et les denrées périssables n'ont pas trouvé preneurs avant d'être jugées avariées.

Yolanda noue conversation avec le colosse qui l'avait intimidée hier. C'est un homme d'une grande bonté qui s'exprime avec une voix aussi douce que puissante. Tous ses gestes sont lents et précis. Tout respire en lui la bonté. Il vient du Sénégal et se nomme Adama.

Au milieu du groupe plutôt discret, il y a un énergumène qui se démarque par son excentricité. C'est une espèce d'illuminé se disant chamane, il dit venir du Kazakhstan et se nommer Artemiva.

Il ne cesse de déblatérer des litanies tout en secouant des objets à grelot et en mélangeant divers ingrédients dans un récipient en bambou.

Parmi ses ingrédients, il y a du gui. Adama le remarque et dit à Yolanda :

- Le gui. C'est un truc de Noël, ça. Les Américains en parlent tout le temps à

Noël, ils appellent cela « mistletoe ». Ils en mettent dans leurs maisons, non ?

La jeune femme est très étonnée que son interlocuteur sache reconnaître du gui et soit au fait des traditions de Noël américaines. Elle répond avec enthousiasme :

- Oui, et il y a une tradition qui fait obligation d'embrasser la personne avec qui l'on se trouve lorsqu'on se retrouve sous une branche de gui.
- Oh ! Et y-a-t-il une personne avec qui tu aimerais être si tu te retrouvais sous les branches de gui d'Artemiva ?

Yolanda rougit et ne répond pas. Elle a tout de suite pensé à Malik. Comme elle aimerait savoir comment le contacter.

C'est à ce moment que sonnent les douze coups de minuit. Le vent cesse tout à coup de souffler. Un bruit de chute lourde se fait entendre juste de l'autre côté de la toile de la tente. La curiosité de la jeune femme est piquée et elle se précipite au dehors pour voir ce qui a bien pu faire ce bruit.

Elle est sidérée de trouver par terre un petit colis enveloppé avec du papier cadeau argenté. Elle regarde aux alentours et ne voit personne. Timidement, elle ouvre le paquet et y découvre plusieurs liasses de billets de banque. Il y a des 20, des 50, des 100, et des 200 euros.

Son esprit bugue un moment. Cet argent lui fait peur. Puis elle finit par se calmer en se disant que si ce fric avait une provenance malsaine, il n'aurait pas été ainsi enveloppé dans un si beau papier. Elle prend sur elle et décide de le garder.

La neige se met alors à tomber. Alors qu'elle est sur le point de rentrer dans la tente, un bruit la fait se retourner. Il lui semble voir la silhouette de Monsieur Pierre qui disparaît au coin de la rue, mais la neige qui redouble d'intensité rend très incertaine l'interprétation de ce qu'elle a vu. Elle aimerait essayer de courir dans cette direction pour en avoir le cœur net, mais elle se dit qu'elle a très certainement vu que ce qu'elle voulait voir…

Arrivée dans la tente, elle s'installe à nouveau en face d'Adama et lui murmure à l'oreille :

- Je vais te donner de l'argent, beaucoup d'argent. Je te le donne à toi, et tu en feras ce que tu en veux. Je sais que tu es sage et que tu sauras faire au mieux. Partage-le avec qui tu veux ici.

Sur ce, elle dépose le colis sur les genoux de l'homme qui commence à protester. Elle place tendrement l'index sur sa bouche et s'éclipse rapidement.

Malik a regagné sa cage d'escaliers mais ne parvient pas à dormir. Soudain, il entend un téléphone sonner comme s'il était juste derrière la porte d'entrée. L'appareil sonne sans relâche et cela finit par sérieusement l'intriguer. Il y a dû avoir au moins une trentaine de sonneries, comment est-ce possible ?

Alors qu'il allait se lever, la sonnerie cesse enfin. Il se remmitoufle dans son sac de couchage, mais c'est cette fois-ci une sonnerie de Skype qui retentit. Cela fait plusieurs minutes que le manège dure quand il n'y tient plus et se lève. Il sort dehors et trouve un téléphone juste derrière la porte, mis bien en évidence. Il regarde autour, personne.

Le jeune homme croit à une hallucination quand il voit ce qui est affiché sur l'écran. Il est minuit dix, et l'écran du Skype indique que c'est Kylian Mbappé qui appelle. Plus que son nom, il y a aussi sa photo sur l'écran.

Malik reste bouche bée. Il finit par prendre le téléphone dans sa main tout en regardant encore une fois tout autour. Tout est toujours aussi calme.

Il se pince et se fait mal. Il ne se voit plus d'autre choix que de décrocher l'appel. Le visage jovial de la star de l'équipe de France championne du monde apparaît sur l'écran en live.

- Ah, c'est pas trop tôt… Joyeux Noël, Malik !

Malik passe par toutes les couleurs et ne peut articuler le moindre son.

- Tu vas bien ? Tu sais, faut pas rester comme ça à ruminer, retourne vers Yolanda. Il faut lui pardonner, elle a eu peur mais elle t'aime, sois-en-sûr !
- Co…comment c'est possible ?
- Quoi ?
- Bah, tout. Qu'vous m'appeliez, alors qu'en plus c'est pas mon téléphone, qu'il est là par hasard. Comment vous pouvez m'connaître, savoir comment j'm'appelle ? Et comment vous connaissez Yolanda ? Et, encore tout ça, ça peut résulter d'un travail d'espion, mais comment vous pouvez connaître les sentiments de Yolanda ?
- Tu veux dire que ça paraît encore plus impossible que le fait que vous vous soyez rentrés dedans avec Yolanda trois fois de suite en vingt-quatre heures ?

Tu veux dire que ça paraît encore plus impossible que si c'était le père Noël qui t'appelait ? Parce que je peux te le passer le père Noël, si tu veux… Enfin, non, j'suis con, là il est trop occupé, mais un autre jour oui.
- C'est un truc de ouf.
- Bon alors, tu fonces ?
- Quoi faire ?
- Bah trouver Yolanda.
- Mais j'sais pas où la trouver.
- Va à la tour Eiffel, c'est le lieu idéal pour des retrouvailles amoureuses.
- Non, c'est l'Empire State Building. Que ce soit Cary Grant ou Tom Hanks, c'est là-bas que les grands donnent rendez-vous, pas à Paname.
- Non, la tour Eiffel, c'est encore mieux, c'est plus glamour. Alors, tu fonces ?
- J'ai pas ta vitesse de course, tu sais, mais j'vais faire de mon mieux.
- OK, man, joyeux Noël à vous deux !

- Merci, Kylian, à toi aussi ! La vie d'ma mère, j'peux pas croire c'que j'viens d'dire.

Yolanda est retournée en courant boulevard Haussmann, espérant romantiquement et surréalistement que Malik serait retourné sur le lieu de leur première rencontre. Elle ne l'y trouve pas et son cœur perd soudain les ailes qu'il venait de déployer à très grande envergure.

Elle s'assoit pour reprendre son souffle et ses esprits. C'est alors qu'un magnifique papillon noir et doré, avec un liseré blanc, vient se poser sur son genou gauche. Elle jurerait qu'il lui fait un clin d'œil. Il s'envole, elle y voit un signe et le suit. Les voilà qui se dirigent vers la tour Eiffel.

Malik est arrivé à la tour qui symbolise Paris, et même toute la France, à travers le monde. Il a peur un moment qu'il soit trop tard pour monter tout en haut, mais l'accès aux ascenseurs est bien ouvert. En fait, cela vient tout juste de rouvrir maintenant que le vent s'est arrêté.

Arrivé en haut, le jeune homme cherche partout Yolanda mais ne la trouve pas. Il finit par se demander si l'épisode Mbappé n'était pas un mirage. Dans la précipitation, il n'a même pas pris le téléphone avec lui, il n'a plus aucune trace de tout ça.

Malik est embourbé dans ses cogitations lorsque Yolanda arrive sur la plus haute terrasse de la tour, précédée par son drôle de papillon. Il ne la voit pas débarquer. La jeune femme, elle, le repère tout de suite et n'en croit pas ses yeux.

Lorsque leurs regards se croisent enfin, le monde est suspendu et ils courent l'un au devant de l'autre comme au ralenti. La transe est à son comble.

Les deux amoureux tournent sur eux-mêmes puis s'adossent aux barrières, ils ne peuvent se décoller. Ils n'en reviennent pas du bonheur qui emplit leur tête et leur poitrine.

Malik finit par rompre le silence enchanté :

- OK, nous ne sommes pas sur la tour la plus haute du monde, mais nous sommes tout de même au plus près du paradis. Il y a pas plus près. C'est bien connu, le plus proche du paradis c'est forcément Paris. C'est la ville de l'amour, la ville Lumière, la ville magique, la ville qui fait rêver le monde entier. Et puis, dans le mot paradis il y a toutes les lettres de Paris.
- Oui, tu as raison. Youhou !
- Youhou !

Une ombre passe soudainement sur le visage enneigé de Yolanda.

- Tu sais, je suis tellement désolée pour tout à l'heure avec Monsieur Pierre, je suis vraiment une imbécile.
- Ouais, mais moi aussi j'suis un crétin, j'ai réagi comme un con. Puis, j'aurais dû te dire que j't'aimais après qu'on se soit embrassé la première fois. J'ai jamais ressenti un truc comme ça.

- Moi aussi, tu es mon grand frisson. Et pour ce que tu as dit tout à l'heure, sache que tu es bien assez grand et intelligent, et que pour ce qui est d'être vieux, tu as tout le temps, mais tu le seras ! Sinon, tu viens de dire que tu aurais dû, mais en fait tu ne me l'as toujours pas dit...
- Que je t'aimais ? Mais je te le dis. Je t'aime. Je te le crie même. JE T'AIME. Je t'aime, je t'aime, je t'aime, je t'aime...
- Mmmm... Je ne m'en lasse pas. Moi aussi, je t'aime.

Un bruit lointain de clochettes les tire de leur béatitude. Il leur semble voir l'ombre d'un traîneau passer devant la lune pleine.

- Tu sais, en fait j'ai toujours aimé Noël, on l'fêtait pas chez moi mais j'aurais aimé. J'aimais les chansons, les lumières, et tbea les cadeaux. J'kiffais quand les voisins ils nous invitaient le 25 après-midi. Mon grand frère il avait le seum quand il voyait les cadeaux qu'avaient leurs enfants, mais moi j'jouais avec eux. Les cadeaux, le temps d'un jour, c'était aussi les miens. Enfin, bref, j'ai toujours trouvé Noël sympa, c'est pour ça qu'j'fais toujours des cadeaux à ma p'tite sœur pour l'occasion. Mais là, maintenant, Noël j'y crois vraiment.

VIII. WHITE CHRISTMAS

Yolanda et Malik ont passé la nuit dans la suite réservée par Monsieur Pierre.

Il est bientôt midi quand ils la quittent. Ils se promènent dans Paris recouvert d'une belle couche de neige.

Ils ont mis la carte SIM de Malik dans le téléphone de Yolanda afin qu'il puisse joindre sa famille qui s'inquiétait. Le jeune homme a appris médusé que sa petite sœur a bien reçu sa poupée. Elle est persuadée que c'est lui qui a trouvé un moyen de la lui envoyer malgré qu'il soit coincé sur Paris. Il est plus que jamais un super héros à ses yeux, et il n'a pas osé la contredire.

Un enfant d'environ six ans court devant sa mère qui ne parvient pas à le suivre et essaye en vain de le rappeler à ses côtés. Le bambin est surexcité et vient au devant des amoureux en s'exclamant :

« Je le savais que la tempête serait terminée. Le Père Noël, il a le pouvoir de commander au vent ! ».

Yolanda et Malik font un clin d'œil à l'enfant et explosent de rire.

**

© 2018, Bourdy, Alban
Edition : Books on Demand,
12/14 rond-Point des Champs-Elysées, 75008 Paris
Impression : BoD - Books on Demand, Norderstedt, Allemagne
ISBN : 9782322090464
Dépôt légal : novembre 2018